Stock Book

野村 龍

思潮社

Stock Book

野村 龍

Stock Book

I. Quasi Adagio
〈前触れ〉

雲

Saturday, December 05, 2009

朧げな灯台は
薬指のような影を靡かせながら
乳香　没薬　黄金を
しなやかなアスパラガスに捧げる

掠れた時間が
傾いだ蜉蝣の瀧からあふれ

谺の微睡みのなかで
麦藁帽子は燃え尽きる

血の細波は　キクロプスを幾度も訪れ
夕闇を伝って　守宮の舌が　ひとしずく眠りに落ちる

《軽飛行機のコンパスは

王女の隠れ家を　精確に探り当てた》

ここから先の国々には　台《うてな》がありません
足を踏み入れる方々　くれぐれもご注意を

線からはじめたものが　いつの間にか赤い束になった
時間が働いたのだ　ひとえに時間だ

食卓には　蝸牛の脳神経と　ラディッシュのサラダ
加えて上質の微笑みを少々

羊皮紙一面にびっしりと書き込まれた水の魔法
余白に　書きかけの　ちいさな王子様のお話

いいことがある時は　いつも鐘が鳴った
ほら　あそこの丘の上

季節

Thursday, April 23, 2009

潰れた鳥の魂は
細く美しい指に拾われ

春蘭の蕾の中で
蜜に浸されて眠りにつく

ねっとりとした溜め息が
繕われた傷口からあふれるとき

静かな神殿の奥で　綺麗な香りを放ちながら
黒い翼は　少しずつ崩れ始める

しなやかな神経回路を光が伝い
桃や葡萄から雫となって滴り落ち　落ち　落ちる

《鈴を振れ！

鈴を振れ！》

遠くで胡桃が叫び
神々の今宵の食卓には　脳のステーキが並ぶだろう

永く波に洗われたピアノの　白鳥の歌に
金の涙と　やわらかな紫水晶が注がれる

歯車の波紋
透き通る霧の葉

穏やかな音質の温室で
耳を澄ますこと

水の言葉で　初めて組み立てられた精緻な梟が
今日　狂い始めたことに　まだ誰も気付かない

神経細胞

Tuesday, August 04, 2009

緑の瞳が開いて　おもむろに吸血鬼が溢れ出すとき
雨上がりの口笛は　まだ眼も開かない　濡れた蝙蝠の子供から
滴り落ちる

遠慮会釈もなく　幾度も滴り落ちる

正義の騎士は　白馬もろとも
諦めの湿地にある　底なし沼に脚を取られ

その栄光の重さ故　沈んで行かねばならない
そう　静かに沈む

流れ星は　甘い半開きの水晶体に絡め取られて
厳かに燃え尽きる

《夕暮れ時の

湿った指紋と共に　燃え尽きる》

雨蛙から　幽けき歌声が
ぶくぶくと　際限なく絞り出され

少々　血も混じっているのかも知れず
彼の　半透明の吸盤が焦げる

森の奥に仕舞っておきたかった想い出も
一緒に燃える　燃え上がる　めらめらと　火焔

濡れた風達が　いるかのように　私やあなたの
視線を導きながら　泳ぐ　傾いで

今　引き絞られた弓が
無数の光を一斉に放つ　夜空

新聞

Saturday, April 11, 2009

黒揚羽達に包まれて
谷底へ降りていく

せせらぎのなかで
金の鍵が呟いている

九つの輝きを飲みくだすと
透明な希望が浮かびあがる

光が開き
芥子の花が一斉に飛び立つとき

壁は崩れ
肺のなかから　歌達が勢いよく溢れだす

《唯今　鶫のパイが焼きあがりました！

皆様　熱いうちにどうぞ！》

岐阜に下野した友人は
今頃　なにをしているだろうか

冠省　帝都はこの荒みようです
スランプには　くれぐれもご注意を　不一

風の精の　薄緑のやわらかな髪から
やすらぎが立ち昇り

優しい手が　静かに差し伸べられて
咳を　穏やかに拭い去る

脳を　酸化から護るため　休日には
魚の油で　よく洗います

（古代魚は水底深く……）

Tuesday, January 06, 2009

古代魚は水底深く沈んでいく
誰もいないバス停が雨に濡れている
おやつの時間は切り取られて盗まれた
錆びた声が骨の歌にぬぐわれ
暦は部屋の隅で腐り始める
炎について語るときがやってきた

暖炉に処方箋をくべよう

火と水とを光が和解させる時

言葉の塊が急須から転がり出る

蛙達はどこで繁殖しているのだろう

蜜蜂のあとを　もう一度飛んでみたい

桃

Friday, November 09, 2007

輝きが振り向くと
燕達の虹の翼が
空にうっすらと最後の歌を翳している

聳え立つ秋の香りの彼方を
独りの懐かしい呟きがひっそりと歩いて行く

篝火草は
次第にほの暗くなる乾いた写真のなかで
濡れた光を高々と掲げる

誰かが忘れていった浅葱色の風から
睡っていた御使い達が次々と飛び立つ

砂で出来た金色の城の中で
今日も青髭公の狂った夕餉が始まる

捧げられる静かな祈り
魂の果てに見えるという俯いた葉脈

その少し先で
暖かな神が
無数の言葉に包まれてまどろんでいる

青髭公から
分厚い手紙が届いていることなどすっかり忘れて

谷

Saturday, September 18, 2004

炎が　そっと閉じる

向こうで　ふわりと開いた
と思うと　また閉じる

暗闇を　吸ったり吐いたりして
明滅する

忘れないで欲しい　忘れないで

杯から　血が溢れ
まだ　涙がながれて　驚く

しおれた指は　強くなっていくあなたを　もう辿ることが出来ない

さあ　言葉へ戻ろう

ここには　足跡さえ　残らないとは

新しい眼で

Monday, December 03, 2007

この金色の種のなかに
暖かな希望がいくつか
静かに仕舞われています

冠いっぱいに満たされた　午後の甘い鵲に口をつけたいのなら

私達は　読まなければなりません

盛り上がっては　また崩れる
澄み切った百合の翼に炎で綴られた
懐かしい秋の　豊かな神の波について

あるいは　遠い涙について

分厚い渦巻から

溜息のような霧が際限もなく溢れ出し

砂のなかで
悪魔は割れました

Dali が描き遺した　ひと組の手のひらが
今　魂をひとつ
幾重にも包み込もうとしています

掌のなかで
ほら　星になった

もう
笑ってもいいのですよ

短篇小説

Wednesday, October 29, 2008

ココアの季節には
蝙蝠達が　泉の光を吸いに飛んで来る

溺死した花束の蜜は
少しばかり苦い

女王の指先から　狂った炎が滴る時
黄金の蜘蛛の糸を　野薔薇の歌が伝う

生きている時に　覚え切れなかった呪文を
方舟に詰めて流す

柔らかな歯車がつくる日陰で

静かに溶けていく鱶の群れ

言葉の塊を
蛹はうまく呑み込めない

赤い旅人が
伝説を抱えて　不意に帰って来る

村はずれ
朽ちていく巨神兵の骸の傍らに

気高い天球儀の魂が
無造作にひとつ　転がっている

花

Sunday, January 13, 2008

気紛れな若葉が
おもむろにピアノを弾きはじめる

傷ひとつない　綺麗な脚を
細波がたちまちに濡らす

無造作に髪を掻き上げると
彼方に寺院の回廊が浮かびあがる

潮風は次第に弱くなり
鮮やかな百合の香りが豊かに立ち籠める

母の好きな花はカトレアだった

棺を閉じる時
いっぱいに詰めた
静かに　耳が開く

僧侶達の　透きとおった経文が
何を讃えているのか
耳のなかで幾重にも重なり合う

この世の果てには　どんな花が咲いているのだろう

母に　もう一度会えるのなら
そのことについて　訊いてみたいものだ

口笛

Thursday, February 28, 2008

菫色の巨人が
弓を引き絞る

壊れていく言葉が　最後の声で歌い

聖典は
微笑む午後を湛えながら沈んでいく

暖かな少女が
少しだけ前髪を切り

測量技師は

死斑に冒されていく母の顔を　なんとか写し取ろうとするのだけれど
泣いているので何も見えない

HAL は
MAGI への想いを
処方箋の裏に血で綴る

思い遣りに
余りにも優しく包まれ

（この息子は
（死んでいたのに　生き返ったのです

舞々

Tuesday, March 17, 2009

沈丁花の旋律が
螺旋階段から滴り落ちる

黄色いQの
泡のような翼の塊と

切り取られた
薄桃色の歌とが弾け飛ぶ

傾いたプラネタリウムは
噴水の香りのなかに巧みに隠され

しっとりとした亡霊達が

壊れた蝸牛の心と　絶え間なくお喋りをする

葡萄から溢れる子守唄は
腐り始めた太陽系を　輝きのなかで眠らせる

射抜かれたひとつの瞳

枕元に置かれた　水と一粒の種

（暗闇はたちまち溶けていく）

薬指の頭くらいに圧縮された
カトレアの半透明の脳

数式

Wednesday, August 13, 2008

肝臓が
飛行船のように漂いながら
ゆっくりとこちらへ巡って来る

こなごなに砕かれた水仙の香りと
こなごなに砕かれた鰍の香りとが
この谷間のこんな奥にまで
しずかに降り注ぎ　おだやかに立ち籠める

雲が　葡萄色になる時
鶸のふっくらした羽音は
光の右腕から　豊かに祝福を受ける

やがて　聖杯までが
翼を波打たせ
時折ほほ笑みを零しながら旋回し始める

《言葉は
　いつも君の側にある》　と
燃えながら歌い続ける　御使いの輪

母が
すべての泥をぬぐう

言葉

Saturday, September 27, 2008

朝顔のためらいの彼方に
霧は早くも立ち籠め
影のない戸惑いが静かに歩いて来る

自分の名前を忘れた呼吸は
翼を畳み
亡霊のぬくもりのなかで睡りにつく

雲よりもおおきな鯨が
夜遅く　ココアの底へ沈んでいく時
御使いは　言付かった香りを　ゆっくりと放つ

瀧から
それぞれに与えられた歌が　惜しげもなく溢れ

錯覚は　テントを畳んで
また旅に出る

蜂鳥の光を　森が含み　輝き

太陽系の撥条を
司書がこのうえなく正確に巻き上げる

星

Saturday, August 02, 2008

芥子達の温かな軌跡から
新しい声が現われる

百合は　蝙蝠の血を　光る指に含ませ
最後の香りを綴る

岸辺でまどろむ乾いた聖書を
蝶をまとった白い少女が切り裂くとき

風が零した遠い瞳は
炎の波間で　（猫の睡りのように）溶けていく

塔の頂きで

天使の数式を解いたら
髑髏がひとつ　転がり落ちた

滝を囲んで
金色の猿達が翼を賛美する

苔むした廃寺の奥に
（結晶した木乃伊の輝きに護られた）
毒蛇の　三つの歌を象った指輪があるという

死んだ泉達が集うこの砂丘のどこかで
悲しい電話が
いつまでも鳴っている

旋律

Tuesday, April 28, 2009

菫の吐息はあまい
従って菫とのくちづけもあまい

夏の風がしっとりと吹き始める日
砂時計は全ての砂を失ってしまう

それでも　獣道に時間の足跡は残り
苦い眠り薬が　瞳のなかへ穏やかに滴り落ちる

山羊の乳を湛えた金色の鉢を掲げて
大鷲は　磨き上げた月の翼で　濡れた風を切り裂いて進む

霞んだ影の口笛が　水の耳の奥深くまで染み込むとき
獣神《ししがみ》は切り岸に逞しい蹄を打ち込んで駆け抜ける

《私の名を通して祈りなさい

言葉は再び　鮮やかに与えられるだろう》
菊頂の乾き切った舌にも　癒しの蜜はたっぷりと注がれ
紛いものの心臓は　燃える拳にたちまち握り潰される

火の乳首
光の歌声

磯辺で遊ぶ　桃色の残り香を
飢えた魂達が片端から貪り食らう
咽喉から　悪臭を抉り出した後
薬漬けの狂った道化は　戸惑いながらも　もういちど星を掴み取る

美しく甘い地図で
そう　天球の腐った秩序を最後に包み取るために

宝石

Wednesday, May 13, 2009

種が　やわらかく溶けていき
一輪の　夕凪が訪れる

まだ未練はある
が　蜃気楼がもう　彼方で待っている

手袋そのものに興味はない
指先が　知恵の輪をどのように解くのかが知りたい

群れから　いつも逃げて来た
皆のようには　とても歩けない

椋鳥が　街路樹を濡らす
雫は地球だ

《この鍵は　あなただけのものです

天文台とともに　あなたに差し上げます》

ゆで卵と
掌の炎

それから
観世音菩薩とfootprint

苔むした巨人が
絶壁の縁で　角笛を吹く

神経質なはずのコンピュータは
辺りを憚らず　緑色のおおきな欠伸をする

待ち合わせの場所に着いた
日焼けした　笑顔に付いた指紋をぬぐってみる

翡翠《かわせみ》

Tuesday, September 01, 2009

夏の終わり　螺旋階段を
降りてくる落ち着いた足音

蜩の音階を　追うようにして
滴り落ちる　洋梨の羽音

音がしないように　扉を閉めなさい
それから　髪飾りを静かに外して

抉り出したばかりの心臓を
香りのいい白金の杯に　しっかりと沈めること

木菟の弓に矢をつがえ
今　ラベンダーを射貫く

《ここに火がともっている限り

水は開いて　あなたを通す》

磨かれた風が
笑顔の唯一の翳りに　しっとりと染み込む

午後が　深く息をつき
光は　また一度傾く

泡立つ紫陽花の
波間に隠された　寺院の鐘が　厳かに溢れ

油を塗った　僧の歌も
やわらかな涙のようで

指先で交配を重ね
性格のいいぬくもりを作出する

蜂蜜の歌

Wednesday, October 28, 2009

金色の蜂蜜を滴らせて
合わせ鏡から雨蛙が出て来る

鐘の音は
逝去した老人の影を揺らめかせ

束ねられた風が
果実の香りを形づくる

私には子供がない
（蝙蝠は　ひんやりした懐かしい夏のなかで　いつしか溶けてしまった）

俄雨は
すれ違いざま　言葉をこぼして

《もう　忘れてしまったのか

瑠璃色の瞳に　焼き付いたはずなのに》

歌をひとかたまり　古井戸に沈め
ふさわしい涼しさを待つ

髪は　さらさらと　靡きながら
流れ星を摑む

銀の眠気を　耳から注ぎ込まれて
おんなのこは翼になり

明日
たったひとつの瞳を　刳り抜かれるだろう

なにかが窓辺に来ている
磨き抜かれた食卓は　鴨料理を包んだまま　丁寧に折り畳まれ　そっと戸棚に仕舞われる

魚の季節

Monday, March 31, 2009

もう会えない人の
姿を含んで　すぐ
沈丁花の香りが閉じる

言葉を一枚　渡しておいたから

雷が　聞こえて来るかも知れないし

（微風ですら）
歌わないかも　知れない

歩いて行くには
あまりにも柔らかい　のだけれど

フリージアも
山吹さえも咲いているのだから

もう会えない　などと言うことが

（あっていいものだろうか？）

もう　大丈夫と思っていたのに
また　血まみれになる

それでも
食卓は近い

卵

Saturday, February 02, 2008

十字架はゆっくりと巡り
光の指が伸びて
御使いの翼に神様の電話番号を綴る

神様に　お礼を言いたいことは　山ほどあるのだけれど
はて　こちらからお掛けして　良いものかどうか

束の間の光を　やがて闇が包む
日時計は　ゆっくりと睡りに落ち
仔猫が　おおきなおおきなあくびをする

II. Andantino quasi Allegretto
〈蝶の様式で〉

神官

Wednesday, June 09, 2010

花は開いて　光を含んだ
瞳が　噴水に注がれ
火の精の　燃える巻き毛が肩先で揺れる
《図書館は　廃れて既に　久しく》

今更　灰をめくることもあるまい
名前が　ひとりひとり　汲み上げられ
蛍は　蜜の底で　ひと魂にそっと耳打ちする

光

Thursday, February 25, 2010 ~ Wednesday, March 03, 2010

濡れた翼を折り畳んだばかりの羅針盤から
今　暖かな輝きが溢れ出す

羽根ペンは　薔薇のしなやかな茂みに身を寄せて
波間に海燕の仄暗い歌を綴る

渦巻の世界が半透明の眠りのなかで目覚めるとき
草魚達は　緩やかに泡だって　水面に沸き上がる

（項垂れた雛菊から零れる金を
母の残した形見のように　音を立てて飲み下し）

篝火の呟きに
すべての耳を傾ける

《あの夜　カムパネルラが教えてくれた

葡萄色の流れ星をみた》

人魂の方程式と直交する
漸近線の溜息

（音楽家がピアノを愛するほど
詩人はコンピュータを愛しているか）

緑色の奇跡が
秘密の瞳に触れる時

消えていく花の精は
いつも　朧気な残り香を僅かに靡かせて移ろい

それから
蛍の穏やかな訪れが　ひっそりとやって来る

囁き

Thursday, July 29, 2010

燃えながら息を吐き尽くして眠りにつこうとする静かな心臓
の傍らで

濡れた四十雀の魂が　幾つも

遊び事のようにゆっくりと周回して
あの　鮮やかな旋法を切り裂いていく

永年探し求めていた古文書が見つかった時

薔薇色の木乃伊達は　飴のような声で宝石を讃え
傾いた笑顔が　羊皮紙に書き込まれた文字となって
湖に巻き取られ　ふたたび沈みはじめる

方位磁針をなくしてしまった　猩々の雨のような歌声

全てを褐色に酸化させる砂嵐も
種のなかで育まれていく輝きを滅ぼすことは出来ない

輝き

Tuesday, October 26, 2010

彼《か》は誰時《たれどき》　彼方から
俯いた泉が歩いて来る

ラズベリーの歌が　ひとしずく
泉の瞳に注がれる

折り重なる鐘の音の　只中を漂いながら
病に捕まってしまわれた方のために　祈る

採れ立ての蜜のインクで
御使いに　薄桃色の楽譜を綴り

深く息をつくと
麝香の細胞が少し崩れてしまう

《今日は　誰からも手紙が届きませんでした

明日というノマドは　今頃どのような色の　泡のなかで眠っているのでしょう》

いま　欲しいものと言ったら　ぽたぽたと言葉の滴る
フリージアの花束かな

辺境の地も　なかなか捨てたものではない
斑猫が　爪先からすぐのところで　青い道を描いてくれるから

最初は　朧だったものが　次第に色づき始め
飴のような白長須鯨となって　ゆっくりと　ちいさなちいさな夢を見る

空中庭園に入るための　澄んだ鍵は　手に入れたから
もう何も心配はいらない

ふいに香りのいい微風が吹いて
あの夕立のことを　また思い出す

うねる、海鳴り、やわらかな波が、

近藤譲『忍冬』を聴きながら

Friday, December 31, 2010

うねる、海鳴り、やわらかな波が、幾たびも、抱き取ろうとして、暖かい、幾たびも、波間に、（涙に）、波間に、分け入ろうとする、花が、波間に、スイカズラだ、みどり色の波間に、黄色い、肌、花、弾かれて、手を、アコヤガイ、おおきな、おおきなアコヤガイに、差し入れる、差し入れ、みどりを、花、スイカズラの、乾いて黄色い、電話を、摑んだ、摑み取ったのは、みどりの髪、と、乾いた、黄色いスイカズラ、あるいは本、恐らくは詩、また、一日が終わろうとしている、ネジ、竜宮の使いが、電池切れで、神様、おなかがすきました、途切れた流れ星、もう一度、乾いた黄色い花、雄叫び、送り火、さようなら、初めてのみどりだったのに、貝のなかから、引きずり出したのは、言葉、秘密が灯った心臓を、（灯台）、引きずり出す、踝まで、あるいは（腰まで？）、眼、ひとみ、ポワロの後ろ姿、鍵、ディンプル錠２本、みどり、さよなら、床に積み上がった、子規の本、中性の、インジケータが、本棚、怖い、本棚がないので、深海の、（あるいは？）床に積み上げるしか、ないのです、悪気はなかった、右と左とに、電話、暖かな部屋で、dawn、また、失われてしまうのか、

風

Saturday, August 26, 2010

ひとときのオレンジのなかで
翡翠の旋律を微風が書き綴る

全てを納めた半導体の手帖を
ゆったりとしたポケットに丁寧にしまう

夕暮れの秘密を指の声は探り当て
蒼い砂漠で　薔薇の物語は深い眠りに落ちる

柔らかな手紙が　薄い膜のような翼を広げ
次なる山羊の手元へと飛び立つ

《ほら　耳を澄ませてごらん

炎を滴らせながら　女神がタイプライタを打っている》

朽ちかけた中央図書館で
最後の魔法を見付ける時

透き通った蜂鳥の羽音が
実験室のフラスコのなかで穏やかにハミングする

黴びた本棚の奥から　いい匂いがしてきた
もうすぐ　いつものパイが焼き上がりそうだ

何もかもが　むくむくした雲の向こうに沈んでいく
ようやく　翼が溶けて　まだ暖かな眼差しのなかへ　音もなく立ちのぼる

仮住まい

Friday, September 17, 2010

蝸牛の亡骸が　一滴残らず流れ出した後
殻のなかに　間借りをしています

持ち物は　ほとんどありません
コンピュータ一台と　本が数冊

でも　これだけあれば
引き籠もりには　十分すぎるくらいです

（殻に　護られないと　歌うことが出来ません

神経が　ホワイト・アスパラガスのように脆いので）

殻は　蜜に満たされ　ここちよく
ゆるく渦巻いて　宙空に留まり

彼方では　サグラダ・ファミリアが
造られては　崩れ　造られては　崩れ

貯金から　書きためたものが
少しずつ　引き落とされてゆくのでした

水紋

Monday, April 06, 2010

水面のすぐ下を漂う、三頭の儒艮の奥深く、ひとつのやわらかな心臓から、萌葱色の分散和音が溢れ出す。かつて、詩人のオレンジから、虎が飛び出したように、旋回する茸達は、作曲家のスコアに書き込まれ、記憶される。几帳面な作曲家の手になった茸は、規則正しく、調性に則って。移り気な作曲家が手掛けた茸は、それなりに、偶然性などを加味されて。

現実は、美しいものを、壊そう壊そうとして、働きかけてくる。可能ならば、美しいものは、電子の世界に、蓄えておくとよい。遠ざかる天使も、一糸乱れぬ音楽の演奏も、或いはとあるページの上にインクの染みとなって残ったポエジーも。

花が散る。枝という枝に、咲き乱れていた花も、やがてはその姿を崩していく。しかし、それで全てが終わる訳ではない。花だけを輝かせていた枝々に、今度はしっとりとした若葉が芽吹き始める。樹が生きるため、光合成を行うために、木の葉がむくむくと、樹の中から湧きあがり、音もなくはじける。

電子化された状態を維持するには、一定の力が必要である。全ては０と１との果てしない連続であり、それを保存媒体に定着させる労力が要る。

パーソナル・コンピュータが普及したため、美しいものを、誰でもが電子化し、仕舞っておけるようになった。媒体の劣化にさえ注意していれば、大切なものを、ほぼ永久的に記録しておける。ひとつ間違えば、大切なものの持ち主の方が先に召されてしまう、と言うことも、あるかも知れない。

今、やわらかな心臓は、今日決められた分を歌い終わり、静かに萎びていく。明日にも、この心臓が歌うべき歌があるならば、光は再び、心臓を呼び出すだろう。作曲家は自分に割り当てられた音楽をスコアに書き込み、詩人は残されたものを書き切るために、また目覚めるだろう。

三頭の儒艮達も、心臓を中心とした回転から次第に解放され、泳ぎは緩やかになって、やがて今日も水の底に沈んでいく。光は煙となり、あたりに芳香を漂わせながら、夕霧の中へ、静かに立ち上る。

雪

Thursday, January 20, 2011

天使が燃え尽きる時
囁きは癒され

薄桃色をした蜃気楼の彼方に
金色の洋梨が浮かびあがる

枯れていく瑠璃玉を
毎晩なめし革で磨き

継ぎ接ぎだらけの声を
古い引き出しの奥に　たいせつに仕舞っておく

《心配はいらない

あなた達の歌は　既に翼に綴られている》

聖霊の手帖のなかで
砂まみれの竜がやわらかな炎を吹く

信仰をお持ちなのですか
今　七面鳥が焼きあがりました

壺の中の　残り少ない霧
アルミニウムのコンピュータは　私の宝だから

通じたことのない　風の電話
私しか　入ることの出来ない　唯一の宙空

球譚

Friday, July 29, 2011

眼差しは魔方陣を貫き
薬指は月の衛星軌道上で燃え尽きる

雨上がりの道を裸足で歩くと
ポケットから　砕けたオレンジの歌が溢れ出す

水草は水面でいつも揺れていて
ほやほやの儒艮の子が　そのすぐ下で　睡っています

箱の中から　幾つも箱が出て来る
そしてまた　箱が出て来て　最後の箱には　煙だけが入っている

《お手紙など　いきなりお送りしてすみません

手書き文字が　少し寂しそうだったので》

部屋中に　フラスコが並んでいる
蜂鳥を　栽培しているのだ

卵に住みたい　と　希望を出してみたが
薔薇が寝不足だったので　委員会は流れてしまった

時計は　血のように狂っている　明らかに
瞳も　皆狂っていて

何度　月を仰いでも
方舟は　やって来る気配もない

髑髏

Saturday, October 01, 2011

木星は　燃える翼を開いた
たくさんの音が　雨から溢れ出した後で

煙の腕は摑んだ
魂を　つやつやの睾丸を　摑んでは握り潰した

十二年住んだ　この殻を去る前に
あれも読んでおきたい　これにも目を通したい

昔から　得意だったのだ　ひとの
こころに　じくじくといつまでも痛い　創を作るのが

《夜の歌

始めました》

話していた人の額が割れて
いきなり脳が噴き出した　そして時折　雪

雪が　余りのここちよさに　耐えられず　金色の　長電話の陰で
誰にも　解らないように　しかし激しく　わなないて　ちからの　限り身を捩り　絞った

Gustav・M　sat on a wall,
Gustav・M　had the great fall.

荒れた後は
梔子の香りで　よく拭っておくのが良いとされている

殻

Saturday, May 14, 2011

いつ　滴りはじめたのか
しっとりとした　雫

或いは涙を　蕾に押し込んで
扉の鍵を外す

神は　宙空から展開し
瞳を　たちまち雲で包む

剥き出しの宝石と胡桃とが
掌のなかで　ごりごりと触れあうとき

パウロは悲しい雷に打たれ
最後の本が開く

《志田恵里さんがすきでした

脳が　煮えたぎってしまうほどに》

ゆらぐ光に　笑顔が刻まれ
もう　癒えることもない口笛

遠ざかる指輪のなかで
濡れた巻き毛が揺れる

こころが壊れるのを
木の葉は封じ得なかった

雨が降り始め
方位磁針は　ゆたかな錯乱に陥る

それでも
光は　ひっそりと　汚れなかった

八月の光

Wednesday, June 29, 2011

マドレーヌの陰に　魔法が隠れている
今日で手紙の心臓は止まる

風は崩れ
言葉は剣で貫かれる

濡れた秘密が
ポプラに向けて走り出す

肉料理の記憶は
もうすぐ海辺に辿り着き

日時計に注がれる心は
『神秘のモーツァルト』を溶かし始める

《武蔵野市は府中市を求め

府中市は武蔵野市を探る》

夏風のなかで
アントン・Wがよみがえる時

ちいさな虹が
欅の根元に染み込み

果汁のなかに
黒揚羽は遅れてやって来る

ひとりのトマトが
翼に包まれて睡り

しっとりとした貯金箱から
むくむくお化けが顕れる

雷《いかづち》

Tuesday, November 03, 2011

夜明けの囁きと錬金術師とは
少し湿った一卵性の双子であり

グスタフ・魔羅からは
黄水仙の鮮血　或いは蜜が幾たびも噴出する

甘い髪の風が立ち寄る街角の最中で
崩れては沈んでいく寺院を　夕焼けが片端から貪り喰う

未婚の老人は　さっぱりしたもので
天からまた一篇　言の葉をものしたらしい

《美術館へはこちらです

検索してもみつかりません　ご注意を》

飴色の香ばしい翅を健気にふるわせて
御使いは少しずつ殖えていく

樹海の中心は　独りでも暖かい
黒酸塊を一粒　奥の歯で　押し潰す

練乳で編んだマント　金色の雲
伝家の宝刀　使用済みの魔羅

夢は　むっくりと身を起こし
霧状態の Zeus が　漸く一面に立ち籠める

手紙

Sunday, February 26, 2012

Rainer Maria Rilke が流れ込み
Rainer Maria Rilke に満たされて

ふたりは　ひとりになる
いつでも　同じものを見る

今　ここから見えるのは
初花を手折る姿　すなわち君　香川千穂

Rilke は　ある歳まで　女の子として育てられた
その名残が　彼の名前に記されている

今 Wikipedia を読んだよ
こういうひとを　天才と言うんだねえ

《Rose, oh reiner Widerspruch, Lust,
Niemandes Schlaf zu sein unter soviel

Lidern.》

あまりにも　繊細すぎて
薔薇の棘に刺され　そのまま亡くなった　詩のような一生

ねえ　千穂
もうすぐ桃の節句だから

何かお祝いをしないといけないね
これまで　最高のこころを振る舞ってくれた　君へのお礼に

夏の北海道は　快適だろうか
君が着て来てくれると言う　涼やかなワンピース

おっと　これはふたりの秘密だったね
夏風のなかで　まるで輝きのように　君　即ち　香川千穂と出逢うまでの

短い秘密！

鱒

Wednesday, March 25, 2012

穏やかな魚を食べて　太陽をほどいたら
荒れ野から　水母の福音が流れて来た
Rainer Maria Rは　いつものように
やわらかな蠟燭にネーブルを灯し
虹色の滑らかなピアニストが
硬い殻のなかに閉じこもる時

降り注ぐ　透明な溜息は
言葉のないポエジーを抱き締める

《雪の欠片が読んでいるのは

少し熔けはじめた　光のムニエル》

濡れた御使いは　何の前触れもなしに
くすんだ金の風を産む

甘い鰭の翼が
今や寝ぼけた茸にまで備わり

煙の菫は
瞳の奥でひっそり開いた蝶の香りと一緒に

懐かしい心臓に
たっぷりと注がれる

遺言

Friday, October 05, 2012

やわらかなぬくもりが寝返りを打つ
蜃気楼は口笛を吹きながら紫に染まる

風が髪を切る
前髪を切りすぎて半べそをかく

荒れ野で　黄色い気体が歌っている
水煙管の底で希望が泡立つ

夢を枯葉に書きとめ
妻の乳をごくごく飲む

《Adobe Acrobat XI なら、

多種多様な情報を信頼性の高い PDF に変換。》

イエスは　溶けた翼も飲む
ぐびぐび飲む

そして　最後にブタさんの
貯金箱（ゴム製）がやって来るのだ

Windows を使ってきたひとは右に
Mac を使ってきたひとは左に

Debussy は　黄緑の耳の中へ
Ravel は真っ青なポストの中へ

霧の奥で

Wednesday, November 07, 2012

霧の奥で　ゆっくりと　浮いたり　沈んだり　しているのは　抉り出された　Opheliaの心臓　であり　その拳大の　筋肉の塊は　（きっと　誰かの落し物に違いなく）ひんやりとした　フィトンチッドの　掌に包まれながら　瞳すらないのに　光る言葉を　口ずさみ　彼女の　傍らで　靭やかな　細長い指が　奏でるのは　マーマレード　若しくは　キドニーパイの　思い出か　中庭では　Apolloの支度が　ようやく整い　冷水を張った　幾つかの盥に　昨夜仕込んでおいた　幾つかの脳を

浸し　天球上に　躍り出る　その後を　追うかのように　数匹の　Sea Dragon が顕れ　絡み合い　ほぐれまた絡み合う様は　synapse のようであったのに　Zeus は　雲海の中から　箸を伸ばし　Sea Dragon をつまむと　左手の　うす青い器に湛えたポン酢にひたし　そのまま　口に含んで　独特の　喉越しを　堪能したのだった（その間も　Jasmine と Freesia の　無数の蕾は　ゆらゆら揺れる心臓の衛星軌道を　マイペースで　旋回し続けていた）

III. Allegro molto moderato
〈遠ざかる瞳〉

ノイズ

オリヴィエ・メシアン「アーメンの幻影」を聴きながら

Sunday, March 11, 2012

先日、買いました、買ったのです、僕、買いましたよ、欲しかったの、SONYの、MDR-NO600D、（おお、主旋律が、こんなにも早く、恐らく、恐らくはアルヘリチの、ピアノ、聞こえた、主旋律、やはり、左側から、打鍵、力強く、だからアルヘリチと解る、すると、すると右から、右耳から入ってくる、その音がラビノヴィチ？　についてては、ライナーノーツに、ノーツが語っていたはず、筈、だと、勘違い、でした、PHILIPS、潰れて久しく、と、ドイツ・グラモフォンの方が新しく、それでも廃盤、既に廃盤の、バルトーク、大バルトークの、いわゆる弦チェレ、弦チェレをアルヘリチ、床が抜けそうな、誰かが評して、言表していたはず、グラモフォンのそれ、それすら廃盤、Amazon、にて廃盤と相成り、プレミア、アルへリチ、ベロフ、ベロフはアルへリチに捨てられ、切りました、そう、切った、手首を、右の手首を、右利きなのに、切った、切った、左手は、ラヴェル、温存したのか？　ベロフ、）オーバーヘッド、NC、ノイズ・キャンセリング、右側の、ある、ボタンが、ボタン、ノイズ・キャンセリング、解放の、音、考えに、考え、考えに考え抜かれた、ピッ、あるいは、ボッ、青白い音、途端、無音に、無音に移行する両耳、キャンセル、どのような、いったい、技術なのか？　そうです、買いました、欲しかったから、立川駅前、中央線、赤い、人身事故、赤いから？　血の色だから？　ビックカメラには、何故か、ビックカメラ立川店、先日は、貝巻きを、捌いていた、貝巻き、買ってみようか？　今度来たら、無い、私に、部屋、床にごろ寝、無く、すら、掛け布団すらなく、メシアン、ムートンの切れっ端、最初の冬、辺境、府中の、違う、違うのです、「府中は東京ではありません」、伊勢丹で、1月2日、寒くてやりきれず、やりきれなかった、6畳相当の、府中市、冬、¥6,000、切れっ端、出た、初めから、念書、年初、出費が、金、そう、今、言う、今こそ、言いますよ、好き・です、お金、ざくざく、ざくざくお金、ほんとうは、好き・です、なのです、お金が、だいすき!!　ざっくざく、昨日も、機能も、行かなかった、触媒、媒体、メディア、職場に、行けなかったの、聞こえ、声が、声が聞こえ、たこ部屋の、私、途端、入った途端、聞こえ始めるの、私を、僕を、悪く言うの、聞こえる、聞こえる?　聞こえない、聞こえない?　そう、僕、私だけに、皆が悪口、皆が、帰った、野口さん、そのお子さん、帰ってしまった、す、す、す、べて、悪い、悪いのは私、私は僕、怒ったの、野口さん、帰った、怒り始めた、アルヘリチ、ピアノゴンゴン、堕天使アルヘリチ、ラテンの血、肝っ玉、&、子沢山、それがアルヘリチ、左側の、主旋律を、渡さない、メシアン、飯屋、腹減った、飯屋メシアン、いつか、欲しいのは鳥のカタログ。

聖杯

Thursday, May 10, 2012

蜘蛛の巣で出来た金の zodiac から
朝を紡ぐ蚕達が一斉に零れ落ちる

萎えた足を伸ばした　すぐそこの水面で
まるまると肥えた猿の思惑が　浮かんでは沈み

額から　瑪瑙を押し込まれると
脳は　大切なのにたちまち破壊される

赤い眼の雨蛙を無粋に翳りながら
物憂い稲妻は　午後にゆっくりとやって来る

《みて！

ここだよ　ここにいるんだよ！》

もうすぐ　聖人指定のフィルムが発火する
少し乳臭い朝鮮人参は　たちまち粗野になり　色褪せ

向こう岸で　ふるえる独身が　深く貫かれる
あん！　あん！　あん！　（この行は　不要かも知れない）

血塗れの冷たいピーナツ　或いは
霧のなかに顕在するキリスト・イエス

芥川さん
あの　夏の麦わら帽子　いったい何処へ　行っちまったんでしょうね

散文B

Tuesday, December 11, 2012

満員電車のなかで　チェリー・パイを召し上がるのはどうかどうか　と言うところまでは聞き取れたのだけれど　ええ　恐らくは　この吹き曝しの　タケミツ・トーンであるのだし　また　マイクロソフト（マ社）は本日　Office 2013を　菊頭蝙蝠の耳に吹き込み　ましました？　なんとまあ　そうだったの？　と言ふやうな暮らしであつたから　先程から上の階でずっと続いている抽送について　おい　君が言ってこいよ　いやよそんなの　この寒いのに　暖かな泡　から出るなんて　い・や　なのか　うなのか　そうなのか　よしわかったぞ　わかったって　え　なによ　あ　ちょっとやだ

変なもの入れないで　（さうです　とても有名な）　だから　ミルクを流したって　言ってるのよ　あの光るのが　阿武隈川　おお　そう来たか　これでは　奇跡の人　どころか痴人の愛　だよ　いい笑いもの　が生えってところか　いや　いつか君には　食い千切られると思って　いたんだよ　だからWordの　ポインタは　少し不思議な動きをしていて　（フレンチ・キス！）　こんなところに　凝るから　納期は遅くなるし　単価は高く　なる訳で　でも縋りたかった　縋りたいほど　の背黄青鸚哥と　鸚鵡の濡れ場　と言うか　齋藤磯雄のVilliersが卒論でした

トトリ

Thursday, January 12, 2012

お嬢さんには　鍵をかけておいたのだけれど
排水口から　ぬるっと流れ落ちてしまった

レーモン・苦悩には　翻訳不可能な
〈文体練習〉という著作がある

という二行も　これまた翻訳不可能であり
続く二行　つまりわたしたち　は　メタ言語なのです

というと　聞こえはいいが
要は　詩人の散文　であり

《いいですか　皆さん

改行です　気まずくなったら　とにかくすぐに改行しましょう》

それとも
いつものあれ　〈しっとりとした　素肌を舌で下から舐める。鳥。〉をやりますか

いや　このような　雑駁で散漫な
改行散文日記を展開する積りなど　さらさらなかったのだ

このままでは
野村喜和夫のパスティーシュになってしまう　あと二行しかない

昔は　自家中毒　というものがあって
幼い頃　母はやさしくしてくれた

冠

Tuesday, June 05, 2012

瞳から溢れた眼差しは
翼に注がれ　翅を洗う

仔羊の血は甘く
魚の骨いちめんに飛び散る

羊皮紙に綴られたぬくもりを呟くとき
滑らかな心臓がゆっくりと現れ

優しい耳から
明るい夜が立ち昇る

《あなたの　濡れた忘れ物は　恋として記憶され

蜜を湛えた壺のなかで　たいせつに仕舞われます》

光は谷底で角笛の夢と巡り合い
盃は樹液を浴びて眠りに落ちる

物陰の貯水槽で朽ちていく
青い希望の言葉

その敏感な舌のどこかに
かすかに残る訛りがある

だから安心してください
きっと綺麗に咲きますよ

紅茶の対位法

Wednesday, September 19, 2012

終わりの瀧が歌っていたら
透きとおった燕が　瞳のようなサファイヤをくれた

溶けていく凧が　あまりにも優しく噴水にくちづけするので
雪の焔は　日時計のしたに仕舞ってあった　眠そうな光を開く

伯爵の好みは　しっとりとしたレア
を食べた後　あそこに舌を入れること

眠りは　香る髪を靡かせて
梢に立ち　クローバーが帰るのを待っている

《突然　膝の上に掌を乗せたんです　己を

厳しく律するあの方が　自分に許した初めての　甘え方だったのでしょう》

詩人の影は　木の葉の中に　確かに生きている
揺らめく九本の尾を　この眼で見たのだから

隣人が　今日　暗い光を流し始めた
独り身で　年金生活に巻き取られるのが怖いのだろう　終わりが　怖いのだろう

心臓が　電話の前で　星座を摑もうとしている
澄んだ雫が　何もかも告げている

MediaMonkey を　羽根ペンにインストールする
なめらかな旋法で　これからは綴ろうと思う

戯れ

Monday, August 20, 2012

やわらかな光のジャムが
紅茶の足音に聴き耳を立てている

穏やかな雨雲は　しっとりとした細い指先で
眠っているパソコンの螺子をいっぱいまで巻き上げる

卵の精の囁きが　優しい翼に注ぎ込まれる時
うっすらと輝く厨房の奥から　幸せのミミガーが運ばれて来る

鉛の兵隊達が　しずかに祈りのキスをする
君の不条理の塊は　僕の甘口カレーの中へ　たちまち溶けていく

《宝石は、

痛苦の中で紡がれるのですね。》
潤んだ羊水の　紫の蜜のさなかで
ぐりぐりと電話を掛けているのはクピド

物の怪が脳を吸う
あぶらの丑三つ

心の自由は　奪われず　（精神ノ　自由ガ奪ワレルノダゾ！
好きな雑誌も　読めるから　（管理サレテ　雑誌イッサツ　買エナイゾ！

振り返ると　秋から目覚めたばかりの噴水塔が
妖精達の翅に護られて　飴色の輝きを天球まで噴き上げるところだった

立方晶

Saturday, December 29, 2012

指先でやすんでいる魔法には　ふっくらとした鰓があり
俄雨の輪郭は光にまみれている

抉られた瞳が　黄緑色の闇のなかへ　ゆっくりと沈んで行く時
しっとりとした夢は　急に弾けて　品の良い囀りをあたりに撒き散らす

暗号化された愛の言葉は
大陰唇を開き　小陰唇を開いて　陰核へと至り着く

会陰を賛美した詩人は　過去にひとりいるが
陰核にまで言及した詩者は　恐らくまだいない

《ごらん　待ち合わせの場所では蒼ざめていた頰に

今は　ほら　うっすらと血の気がさして来ている》

疎林では　学者やファリサイ派のひとびとが集まり
粘る樹液から　呟きを絞り出そうと脂汗をかく

主の滴りであるところのキュービック・ジルコニアは
また私達の涙であり　誇りでもあるので

そこに住まいするものは
ポオの大渦巻をすら　容易にくぐり抜けることが可能となり

夜が明ける瞬間　満を持した森が　ついに輝きを放って
七匹のモモイロモモンガが　七人の膣前庭から　今日も一斉に出動するのであったよ

祝禱

Tuesday, November 20, 2012

祭司は杯に兎をなみなみと湛え
ずらりと並んだクピド達の項を洗うと

手際よく火焔を注射しながら言った
（主があなたを祝福し、あなたを守られるように。

（主が御顔を向けてあなたを照らし
（あなたに恵みを与えられるように。

（主が御顔をあなたに向けて
（あなたに平安を賜るように。

《イチジクインフルエンザの

浣腸始めました　因幡産の白兎を　贅沢に30％も使用》
いくらホームドクターだと言っても
精神科医の注射など死んでも受けたくない

彼らはそもそも
患者の脈を　まだくっきりと取れるのだろうか

いや　このことで精神科医を責めてはいけない　のかも知れない
兎の言葉を　みごとに液体化したのだから

もげた一片の翼が今
伝説と鳥羽との凍えた直腸で　ゆっくりと歌いながら　ようやく溶け始めたのだから

地図

Thursday, January 24, 2013

泡のなかで　口笛は眠っている
蜃気楼を越えて　濡れた栞が飛んでいく

光は　素足のまま
動物園の入口で待っている

時間は柔らかい
また　かすかに苦い

眼差しの　長い髪が
恥じらう流れの底で　豊かに揺らめく

《「この息は菫の宝物

雫は　そっと花弁を舐めた」と書いてある》

誰も知らない色の天使と
姿を失った歌

無言で輝く瞳に　数え切れない香りが射込まれ
泉は　ねっとりと渦巻く

煌めく数式に包まれて
美しかった文字は溶けていく

母の彼方では　もう
彗星が乾き始めていると言う

風

Tuesday, November 20, 2012

耳の奥で兎は光っている

電話

Friday, May 17, 2013

声だけで出来た　幸せな光に
含まれる甘い翼が
しっとりとした霧を
綺麗に切り取りながら進んでいく

瞳に湛えられた微風は
ゆるやかな光にひっそりと絡みながら
薄青い涙で満たされる

肌理の細かな夕暮れが　やさしく語りかけるのは

柔らかい羊皮紙に書き込まれた
香りのよい髪を持った風

彼方では
お人好しの幽かな噴水達が
眠たげな人魂を静かに注がれ
輝くため息を高く吹き上げる時

不意に時計塔が開いて
なめらかな言葉が　とめどなく流れ落ちる

Fireworks

Wednesday, June 12, 2013

内気な噴水から
花の歯車が溢れ出す

赤い巻き毛を靡かせながら
火の精が
金色の影の周りを飛び交う

しっとりと降り続いた雨があがるとき
Musa の　すべての指に　光が点り
ため息は
柔らかな竜巻となる

砂の玉座には
萌葱色の希望が腰を掛け

僅かに残った地表では
クピドの甘い弓が引き絞られる

露草の　揺れる囁きの影で
本の魂が　蛍達に焔を授け

瞳を秘めた杖の先から
稲光と
囁きとが交互にほとばしる

黄泉

Tuesday, July 16, 2013

木曜日の右側から
希薄な猿が手を伸ばしている

罅の入った火炎を
或いは金色の翼を
摑み取ろうとするかのように

雑然とした書斎で
魂を
握られたことがありますか

血まみれの手紙は
皺々の耳から滑り込む

（つむじ風は　たちまち香りに気付き
　カプセルに隠された井戸を　指だけでたやすく探り当てる）

スライスした雨蛙で出来た歯車が
何処かで歌い始めるとき

溶け出した時計の裏側で
澄江堂主人がひとり

声帯を震わせながら　星のように
今　ぬるりと産み落とされる

Pulse

Monday, March 25, 2013

桃の陰で
鳴草達が
魂を練っている

命は
色の違う命と出逢い
すべすべした光の肌から
蜜に満ちた卵が滴る

声の涙

充血し
開いた性器が
夢を丸呑みにする

管を伝って
歌う水が届き

竜は
史を纏う

霧雨に濡れた舌が
脈打つ身体に　静かに差し込まれ

今日も

殻にまもられた
波を産み落とす

夕景

Wednesday, September 04, 2013

銀の数式が
沈んでいく
時折　まるい呟きを
水面に零しながら
柔らかな水草のあわいへと　静かに

とても静かに　呼吸する果実
また果実

ひっそりと
破裂するこころ

その残骸を　啄もうとして
幾度も水面に突き刺さる　翡翠

の内　幾羽かは　名残を咥えることに成功し
誰もいない梢で　獲物を喉越しよく味わう　幾度も

いくたびも雪の深さを尋ねけり　　子規

夕暮れ

南武線立川駅の空中庭園で
視線の矢を避けながら

ため息を　盗まれないようにと
しっかり抱きかかえて　しゃがみ込む女達の

性器は充血して開いている

Contents

I. Quasi Adagio
〈前触れ〉

II. Andantino quasi Allegretto
〈蝶の様式で〉

III. Allegro molto moderato
〈遠ざかる瞳〉

Stock Book　著者　野《の》村《むら》 龍《りょう》

発行者　小田久郎　発行所　株式会社思潮社

〒162-0842　東京都新宿区市谷砂土原町 3-15

tel 03（3267）8153（営業）・8141（編集）　*fax* 03（3267）8142

印刷　三報社印刷株式会社　製本　誠製本株式会社

発行日　2014 年 8 月 31 日